LE

TRIOMPHE DU CHRIST

POÈME SACRÉ

PAR

E. ESPAGNE

BORDEAUX

EUGÈNE BISSEI, IMPRIMEUR DE LA PRÉFECTURE

rue Mably, 20.

42970

LE TRIOMPHE DU CHRIST

POÈME SACRÉ

Dans la funeste nuit qui planait sur le monde,
Apparaît du Seigneur la lumière féconde.
L'univers, trop longtemps divisé dans sa foi,
Du divin Évangile a reconnu la loi.
L'ignorance et l'erreur vont terminer leur règne;
La vérité n'a plus d'ennemis qu'elle craigne.
L'imposture, à l'aspect du mystique flambeau,
Reculant d'épouvante a trouvé son tombeau.
Satan a frissonné de terreur et de rage,
Et pour le mal, toujours ardent, plein de courage,
D'une atroce vengeance assemble les ressorts ;
Il rugit et s'épuise en terribles efforts.
La honte le confond, la haine le consume ;
D'un farouche regard son œil sombre s'allume.
De sa noire vengeance anticipant le fruit,
Il invente, il élève, il renverse et détruit.
Ses plans sont arrêtés... S'écoule un jour encore,
Et le monde verra, du couchant à l'aurore,
Les infames complots de l'esprit infernal
Assurer le triomphe à son divin rival.

1863

Toutes les passions s'agitaient sur la terre;
Le vice était chanté : l'inceste et l'adultère,
Tout, jusqu'à l'homicide avait ses étendards.
Le crime était vertu dans l'Eden des Césars.
C'était la seule loi qui régissait le monde
Même on avait fait plus : par une erreur immonde,
Le crime... les humains l'avait déifié

S'élève l'étendard du Dieu-Crucifié :
Douze pauvres pêcheurs, sans secours ni science,
Ayant pour tous soutiens la croix et l'espérance,
Douze pauvres pêcheurs vont changer l'univers,
Vont combattre et braver le siècle et les enfers;
Au milieu des périls et des plus grands obstacles,
Confondre les savants, détruire les oracles;
Où règne la discorde inaugurer la paix,
Humilier l'orgueil jusqu'au sein des palais.

Où donc puiseront-ils leur force souveraine ?
Eh quoi ! la charité remplacera la haine ?
L'homme avare voudra partager ses trésors,
Le sensuel sa table, et cela sans efforts ?
L'homme passionné détestera les vices,
Les funestes plaisirs qui faisaient ses délices ?
L'envieux se pourra réjouir en son cœur
Du bien de son semblable, et voudra son bonheur ?
L'homme vindicatif pourra chérir son frère
Et l'homme violent n'aura plus de colère ?
Oui ! les douze pêcheurs, à la voix du Dieu fort,
Méprisant tous les maux, les supplices, la mort,
En montrant aux humains le ciel et le Calvaire,
Changeront en un jour la face de la terre.

Aveuglé par l'erreur, l'homme au cœur corrompu

Cherche dans sa raison le crime et la vertu ;
Et pour justifier son étrange conduite ,
Il se crée un système et des dieux à la suite.
Les crimes les plus grands ne sont rien à ses yeux
Dès qu'il a su choisir ses chimériques dieux ;
Car , guidé par son cœur dans ce choix difficile,
il s'est créé des lois et s'y montre docile ;
Puis un jour , plus aveugle, il pense marcher droit,
Et sans plus de scrupule en ses faux dieux il croit.

Or , Rome fourmillait de dieux de cette espèce.
De jour en jour l'erreur devenait plus épaisse.
philosophes , savants , potentats , orateurs,
De ces dieux mensongers se faisaient protecteurs,
Soutenus par l'enfer qui leur prêtait ses forces,
Qui tendait sous leurs pas ses perfides amorces,
Quand les apôtres saints, remplis du saint Esprit,
Aux pieds de leurs autels annoncent Jésus-Christ.

Le monde entier contre eux lance mille anathèmes ;
Il traite avec fureur leurs discours de blasphèmes ;
Il s'émeut , se soulève et demande à grands cris
Qu'on immole à ses dieux leurs nouveaux ennemis.
Sa raison se revolte à l'aspect des mystères
Et des rigides lois que lui prêchent les frères ;
Il est scandalisé quand il voit le Sauveur ,
Homme-Dieu sur la croix mourant pour le pêcheur ;
Il s'indigne ; s'irrite, et, dans sa folle rage,
Il mesure déjà les tourments à l'outrage.
Sa colère s'exhale en terribles transports.
Poussé par la vengeance, il montre mille morts
Aux bien-aimés du Christ triomphants dans l'arène ,
Opposant la douceur aux fureurs de la haine.

Mais au fort de l'orage on voit de toutes parts
Les humains vers les cieux diriger leurs regards,
Sans doute un phénomène à la voûte céleste.
Ah ! voyez sur son char cette vierge modeste ;
Contemplez de son front l'éclat mystérieux,
Ses pudiques regards, son maintien gracieux.
Quelle auguste pudeur règne sur son visage !
Mais voici vers son char s'abaisser un nuage ;
Mortels ! En lettres d'or voyez écrit ce mot :
C'est l'épouse du Christ, l'Église du Très-Haut !

Plus fort l'orage éclate et vibrant et terrible ;
L'univers se débat dans un supplice horrible ;
Le dragon infernal se lève furieux ;
Il fait trembler la terre et menace les cieux.
D'épouvantables bruits, d'affreux cris de carnage,
Sous cent formes la mort présentant son image,
Vont glacer de frayeur la foule des humains,
Vont réveiller l'enfer méditant ses desseins.

Satan voit qu'en dépit de son aveugle rage
L'Église de Jésus, sans crainte du naufrage,
Vogue paisiblement sur les flots en courroux ;
Il a dit : « Redoublons et portons mieux nos coups ; »
Et, guidé par la haine en cette lutte impie,
Il veut tout mettre en œuvre et hâter la partie ;
Il aiguise le fer dans la main des Césars ;
Les cirques sont peuplés d'ours et de léopards,
De lions furieux, d'hyènes sanguinaires,
De tigres affamés, de féroces panthères ;
Enfin, le monde entier des déserts, des forêts
Montre aux soldats du Christ des supplices tout prêts.
Ce féroce attirail d'ennemis redoutables
Fait entendre déjà des bruits épouvantables ;

Leurs longs mugissements, leurs transports de fureur
Font déjà pressentir des spectacles d'horreur.
Et ce sont les chrétiens, ces frêles adversaires,
Qu'on prétend opposer à leurs dents meurtrières.

De tout cet appareil l'univers étonné
Flotte indécis, attend... Le signal est donné.
Soudain Satan accourt, l'œil fumant de vengeance.
Tout tremble sous le ciel : la lutte recommence.
On ne distingue rien, ni l'âge, ni le rang ;
Le Tibre avec ses flots roule des flots de sang.
Des enfants, des vieillards et de timides femmes
Rencontrent le trépas sous le fer, dans les flammes.
Le sang forme des mers, les cadavres des monts ;
Les aigles, les vautours quittent leurs noirs donjons,
S'élancent affamés pleins d'ardeur et de joie,
Fondent sur les corps morts, cette néfante proie.
Et pourtant les bourreaux redoublent leurs assauts.
Mille genres de morts, mille tourments nouveaux
Désolent chaque jour tous les coins de la terre ;
De Satan contre Dieu c'est la terrible guerre.

Voyez ce pauvre enfant sur ce bois étendu,
Les membres déchirés, le corps sanglant et nu :
Il est écorché vif par un tyran farouche.
Écoutez ! Quelques mots s'échappent de sa bouche :
« Je suis chrétien, mon Dieu ! Pitié pour mon bourreau ! »
Quel sublime discours ! Quel courage nouveau !

Cette vierge, au milieu d'une ardente fournaise,
Dans son dernier sommeil sur sa couche de braise,
Elle sourit d'espoir en regardant les cieux.
Ah ! sur ce saint vieillard elle arrête les yeux :
C'est son père... Arrêtez ! O spectacle barbare !

A lui crever les yeux le bourreau se prépare ;
Déjà d'un fer rougi voyez s'armer sa main.
Hélas ! plus que ce fer il se montre inhumain.

Livrés au gré des vents sur les mers en furie,
De valeureux chrétiens vont terminer leur vie.
Voyant après leur mort un éternel bonheur,
Après cette espérance ils soupirent en chœur.
D'un glorieux martyre ils vont cueillir la palme ;
En bravant la tempête ils trouveront le calme.
Bénissant de leur Dieu la sainte majesté,
Ils chantent à genoux sa gloire et sa bonté.

Mais le sang des martyrs en féconde la race ;
En dépit des enfers, l'imposture s'efface.
Quand aux soldats du Christ on dit : « Soyez païens ! »
Les païens tout en feu se déclarent chrétiens.
Les bourreaux, irrités d'une telle réponse,
Du spectacle de sang que pour eux elle annonce
Sentent se raviver leur criminelle ardeur ;
La froide cruauté succède à la fureur.
Tourments ingénieux, raffinement de rage,
Supplices calculés, tout est mis en usage.
Satan veut à tout prix vaincre l'Emmanuel,
Anéantir son nom, son culte, son autel.
A lutter contre un Dieu sa puissance s'attache :
C'est trois siècles entiers qu'il consacre à sa tâche.
Vains efforts ! Dieu l'a dit à l'apôtre Simon :
« Pierre, je suis ton Dieu ; jamais ne prévaudront
» Les portes de l'enfer contre ma sainte Église. »
Cependant, il poursuit son infâme entreprise ;
Le cœur rempli de fiel, de haine, de noirceurs,
Il forme des tyrans et des persécuteurs.
Les chrétiens sont en butte aux plus rudes supplices

Quand ils sortent vainqueurs de ses noirs artifices.
« Le glaive et le bûcher, dit-il, sont par trop doux ;
» Mais les ongles de fer, les tenailles, les clous,
» Mais les roseaux aigus, le plomb, l'huile bouillante
» Et les étangs glacés donnent la mort plus lente. »
Tout ce qu'en sa fureur la haine des enfers
Peut inventer d'affreux désole l'univers.

Astre brillant ! Soleil ! va dans la nuit profonde ;
Sous un voile funèbre ensevelis le monde ;
Voile aux yeux des mortels les froides cruautés,
Les supplices affreux par eux seuls inventés.
Ils sécheraient de honte à l'aspect de leurs crimes
Ou mourraient de pitié sur leurs tristes victimes.
Mais non ; par les enfers guidés dans leur fureur,
Les crimes les plus grands ne leur font point horreur ;
On dirait que, pour plaire aux hordes infernales,
Ils n'attendent qu'un mot pour être cannibales ;
Qu'ils trouvent le bonheur et les suprêmes biens
A nager dans le sang des athlètes chrétiens.

Mais ils se sont lassés de suivre cette voie
Qu'hier ils parcouraient pleins de zèle et de joie.
Ils ont cessé la lutte ; et là, silencieux,
Ils espèrent... Soudain apparaît dans les cieux,
A ses fiers ennemis révélant sa victoire,
La croix du Rédempteur rayonnante de gloire.

Saisis, muets, troublés à cet auguste aspect,
Ils tremblent à la fois de crainte et de respect.
La joie de la douleur, la crainte et l'espérance
Ont chassé de leurs cœurs la froide indifférence ;
Ils ont le repentir ; d'une commune voix,
Dans un doux chant d'amour ils exaltent la croix.

Les ennemis du Christ deviennent ses ministres ;
Mais Lucifer, trompé dans ses projets sinistres,
Voyant que les tyrans sont eux-mêmes vaincus,
Que leurs édits cruels ne le secondent plus,
Que les bourreaux, lassés d'un impur ministère,
Chargés de tout le sang dont s'abreuva la terre,
Cherchent le repentir précurseur du repos,
Lucifer en fureur dresse des plans nouveaux.

« Assez de sang, dit-il, car je vois l'arche sainte
» Rassurer les mortels de trois siècles de crainte.
» Je l'ai fortifiée en voulant la briser ;
» J'ai tout uni, tout joint en voulant diviser.
» A quoi donc m'ont servi ma haine, ma constance,
» Mes brigues, mes complots, mon atroce vengeance.
» Armé des noirs forfaits qu'enfantent les enfers,
» Dans le sang des chrétiens j'ai noyé l'univers.
» J'ai fait pâlir les cieux sous les coups de ma rage ;
» J'ai moi-même frémi de mon affreux courage
» Quand j'ai vu les mortels s'entr'égorger ainsi,
» Se montrer plus cruels que moi, leur ennemi ;
» De supplices affreux se forger une chaîne,
» Inventer mille morts pour assouvir ma haine ;
» Contre leur propre sang tourner des bras cruels
» Et le répandre à flots au pied de mes autels.
» Oui, je leur ai montré le secret des grands crimes ;
» J'ai trois siècles durant demandé des victimes,
» Et, pour prix de mes soins, de tous mes attentats,
» J'ai trouvé des martyrs et non des apostats.
» Au triomphe du Christ a servi ma vengeance ;
» En voulant l'abaisser, j'élevai sa puissance ;
» Déjà tout l'univers a reconnu ses lois.
» O Christ ! tu m'as vaincu cette première fois.
» Ta religion sainte est aimée et bénie,

» Et je n'ai tout tenté que pour cette ennemie.
» C'est un triomphe aisé que tu viens d'obtenir ;
» Mais patience, Christ, à nous deux l'avenir. »

Et son cœur a brillé d'une féroce joie,
Car il a découvert une nouvelle voie.
Contre l'Église il forme un lugubre dessein :
» Tes plus grands ennemis renfermés dans ton sein,
» Avec cela, dit-il, ma vengeance est certaine.
» Oui, tu succomberas sous les coups de ma haine,
» Religion du Christ ; tu périras un jour.
» Hâte-toi de régner, demain viendra mon tour. »
Il dit, et, plein d'espoir, arme la jalousie.
Alors de toutes parts s'élève l'hérésie,

Des docteurs corrompus, vrais suppôts des enfers,
Rebuts de la nature, homme vils et pervers,
Trouvant dans leur esprit les plus folles chimères,
Abandonnent nos lois, combattent leurs mystères.
L'éloquence à leur gré prouve leurs arguments ;
Et quand ils ont vaincu par leurs raisonnements,
Les points où leurs penchants rencontraient des obstacles,
Leurs arrêts sont des lois, leurs discours des oracles.
Par leurs plans ténébreux, leurs discours insensés,
Sur le trop faible esprit des peuples abusés,
Qu'ils exercent d'empire ! et quelle est leur puissance !
Rangeant de leur parti le vice et l'ignorance,
Flattant l'ambition qui s'attache à leurs pas,
Les simples, les méchants sont leurs premiers soldats.
Lucifer, qui conduit leurs infâmes menées,
Du rebut des humains grossit leurs assemblées ;
El bientôt, enhardi par ce premier succès,
Se livre plein d'espoir à de plus grands excès.

Déjà, par les ressorts de sa magique haine,
Il a su manœuvrer sur la plage africaine :
Les enfants du désert, de leurs sables mouvants,
Se sont précipités comme l'eau des torrents
Sur l'univers ému de leur coupable audace.
Sous ses pas criminels, cette infernale race,
Renversant, détruisant les temples, les autels,
A déjà fait pâlir et trembler les mortels.
Au nom de Dieu déjà prêchant l'obéissance,
L'infâme Mahomet permettant la licence,
Aux sens accordant tout dans sa religion,
A vu dans le désert que la sédition
Couronnait de succès ses efforts sacriléges :
Bien des peuples déjà s'étaient pris à ses piéges.
Alors, Satan nouveau, c'est contre les chrétiens,
Ces disciples du Christ, qu'il veut armer les siens.
Audacieux autant qu'habile politique,
Il sait leur inspirer un zèle fanatique,
En couronnant martyrs ceux qui, dans les combats,
Sous les coups ennemis trouvèront le trépas.
Et bientôt, en effet, sa horde sanguinaire
Par ses crimes affreux épouvante la terre.
Ses féroces soldats dévastent leur pays ;
Puis, au-delà des mers cherchant leurs ennemis,
Ils courent triomphants, conquièrent des couronnes ;
Ils vont braver les rois jusqu'au pied de leurs trônes.
Tout a fui devant eux ; ils ne combattent plus ;
Ils foulent à leurs pieds tous les peuples vaincus.
Déjà ces fiers vainqueurs célèbrent leur victoire ;
Ils ont déjà rayé cent peuples de l'histoire ;
La chrétienté déjà reçoit d'eux mille affronts ;
Leur pesant joug de fer fait courber tous les fronts ;
Quand, battus par Martel, leur honteuse défaite
Révèle à l'univers la honte du prophète :

La croix du Rédemptenr a vu fuir le Croissant,
Le Christ est demeuré vainqueur et triomphant.

Satan, à ce succès de nos saintes cohortes,
Conçoit pour l'avenir les craintes les plus fortes ;
Déçu dans son espoir le plus cher, le plus doux,
Sa vengeance, il éprouve un violent courroux.
Sa rage est à son comble et sa honte est extrême ;
Il maudit ciel, enfer, il se maudit lui-même.
Tel l'orage fougueux, parcourant l'univers,
D'épouvantables bruits fait retentir les airs,
Porte au cœur du mortel la crainte, l'épouvante,
Et de Satan telle est la colère impuissante.
Mais bientôt il se calme en voyant tout le mal
Que peut faire aux humains son génie infernal.
En effet, il saura causer bien d'autres larmes,
Car il va se servir de plus cruelles armes.
Puis, un premier succès a lavé cet affront ;
Un éclair de plaisir rayonne sur son front.
Sondant les profondeurs de son affreux génie,
Il invente un rival à la fière hérésie,
Et leur dit : « Tous les deux vous ne ferez plus qu'un
» Pour combattre le Christ, notre ennemi commun. »
Et tous deux ennemis, mais unis dans leur haine,
Pour renverser du Christ la pierre souveraine,
Voyant l'unique but où tendent leurs desseins,
S'élancent pleins d'espoir en différents chemins.
Sous leurs pas triomphants tout un peuple s'empresse
De pousser les houras d'une folle allégresse ;
Car ce peuple a quitté les autels de Jésus,
Et demande sa foi qu'il ne retrouve plus.
Il demande son Dieu qu'il ne veut plus connaître,
Lui réclame des lois et ne veut s'y soumettre.
Il ne voit plus d'espoir en sa religion,

Car elle est le signal de la sédition.
Les ministres du Christ, égarés dans leur route
Ou divisés entre eux, mènent ce peuple au doute ;
Rien ne le guidant plus, il s'arrête en chemin :
Indécis aujourd'hui, que sera-t-il demain ?

Satan croit au triomphe, et son audace augmente ;
Il redouble d'efforts, il médite, il invente.
Une féroce joie est entrée en son cœur ;
Il croit qu'un dernier coup va le rendre vainqueur.

Grand Dieu ! que tes desseins sont toujours adorables ;
Mais que tes jugements aussi sont redoutables !
Tu rejettes un peuple en sa postérité
Pour en adopter un simple et déshérité.
Contre ton peuple ingrat tu lances ton tonnerre
Et vas chercher un monde ignoré sur la terre.
D'hommes sans frein ni lois tu te fais des amis
Et livres à Satan des chrétiens insoumis.
Le nomade habitant des déserts d'Amérique
Remplace dans ton cœur le monarque hérétique.
Les savants ont l'enfer, les ignorants le ciel,
O mon Dieu ! ne fais plus ce partage cruel.
Tous les enfants d'Adam n'ont que toi seul pour père ;
Regarde du même œil tous les coins de la terre,
Et qu'à la fin des ans, dans l'immortalité,
Nous célébrions ton nom et ta divinité.

Des apôtres fervents, au nom de l'Évangile,
Dans un monde nouveau rencontraient un asile.
Le pauvre américain, si longtemrs inconnu,
Au pied de nos autels accourait tout ému,
Demandait à la foi ses divines lumières,
Et recevait, des mains de nos missionnaires,

Le baptême sacré qui fait enfant de Dieu ;
Puis, apôtre fervent, allait en chaque lieu,
Plein de zèle, d'amour et de reconnaissance,
A ses frères païens annoncer l'espérance :
Ces sauvages enfants, dociles à sa voix,
Recevaient à leur tour le baptême et la croix.

Tout promettait au monde une paix éternelle,
A la religion une gloire nouvelle.
Tous les peuples chrétiens voyaient avec orgueil
Le calme succéder à dè longs jours de deuil,
L'Église, triomphante et bravant les tempêtes,
D'un monde vierge encore enrichir ses conquètes.
Le présent effaçait l'horreur du souvenir,
Et tout semblait promettre un heureux avenir.
Quand se déroule, hélas ! la plus triste épopée,
Une phase de sang par le crime apportée,
L'hérésie, allumée aux torches des enfers,
Vient encor de ses feux embraser l'univers.
On se demande, on craint, on espére, ô tristesse
Un silence de deuil succède à l'allégresse :
Deux monstres que l'abîme a vomi de son sein,
L'impudique Luther, l'astucieux Calvin,
De la chaire de Rome acharnés à la chute,
Donnent au même temps le signal de la lutte.
Tous les peuples émus, indécis, étonnés,
Vers les deux novateurs ont les regards tournés.
Ils espèrent... Soudain un long cri d'anathème
Va frapper les échos pour flétrir le blasphème.
Tout s'émeut sous le ciel. L'univers à la fois
Veut venger de son Dieu les autels et les lois.
Troublés de ces clameurs, les deux monstres hésitent ;
L'orage est sur leurs fronts ; il va choir, ils l'évitent ;
Puis, rassurés bientôt, poursuivant leur dessein,
Devant eux de l'erreur ils montrent le chemin.

Dieu ! le coup est porté ! Guidés par leur exemple,
Les peuples qui t'aimaient abandonnent ton temple.
Aveuglés par l'orgueil ou la duplicité,
Ils ne peuvent plus voir l'étroite vérité ;
Et puis une autre lutte, étrange autant qu'impie,
De toutes parts s'engage. Affreuse parodie !
C'est en ton nom, mon Dieu ! que le sang va couler,
Que tes enfants entre eux vont partout s'immoler.
De la religion empruntant le langage,
Satan la fait servir de prétexte au carnage.
Un fanatisme aveugle entraîne tous les cœurs,
Égare les esprits dans ce siècle d'horreurs ;
Les bons mêmes, trompés par des conseils perfides,
Croyant servir leur Dieu deviennent homicides.
Au nom d'un Dieu clément ils deviennent cruels ;
Ils deviennent bourreaux pour venger ses autels.
On ne voit plus qu'erreurs, crimes, mensonges, doutes.
On hésite, on chancelle, on prend de fausses routes.
Des lois de l'Évangile on méconnaît l'esprit ;
La charité qu'un Dieu lui-même nous apprit.
Et le sang en son nom dans les cités ruisselle ;
Un même fer immole hérétique et fidèle ;
Le prince tombe aux pieds de l'obscur montagnard ;
Le père, de son sein retirant le poignard,
Rencontre de son fils la main ensanglantée ;
Dans les bras maternels la vierge est immolée ;
On égorge l'enfant au sortir du berceau
Et le vieillard caduc au seuil de son tombeau,
Ah ! c'est l'ange infernal qui lui-même manœuvre,
Enhardi par l'espoir qui sourit à son œuvre.

Mais détournons les yeux de ce drame inouï.
Satan voit son espoir, son rêve évanoui ;
Il a compris venir l'heure de la retraite :
« C'est assez pour un jour, a-t-il dit, je m'arrête ;

» J'avais espéré plus de ce terrible coup ;
» Mais n'allons pas plus loin, je pourrais perdre tout.
» L'avenir est à moi ; je verrai par la suite
» Sur les événements de régler ma conduite ;
» Car je puis rallumer, au gré de mes souhaits,
» L'orage qui s'éteint dans un fleuve de paix. »

De tous les traits brillants dont elle se colore,
A la voûte d'azur brillait un jour l'aurore ;
Jamais de plus d'éclat son front ne fut couvert ;
Le céleste empyrée, on eût dit entr'ouvert.
De roses se paraient les plaines éthérées,
Et les cieux, de lueurs et de teintes dorées.
L'horizon était beau, magnifique, vermeil,
Quand tout s'évanouit aux rayons du soleil.
Et les humains là-bas reposaient en silence,
Bercés par les douceurs que donne l'espérance.
L'avenir se montrait pur et serein pour eux ;
Satisfaits de leurs cœurs, ils se sentaient heureux ;
Ils voguaient doucement sur une mer tranquille :
L'Église de Jésus était leur sûr asile.

Mais Satan attendait qu'elle arrivât au port :
Elle avance, elle arrive, elle a touché le bord.
Soudain de noirs serpents rampent sur le rivage ;
Des démons incarnés, empruntant un langage
Jusqu'alors inconnu de l'univers entier,
C'est Dieu qui les créa qu'ils prétendent nier.
Entendez vous ce mot, ce nom : *Philosophie ?*
Ils l'attachent d'abord à leur système impie.
Philosophie !.. Eh ! mais, dites religion.
Que vous en coûte-t-il ? Et qu'importe le nom ?
On n'en croira que mieux à votre idéalisme.
Malheureux insensés, inventeurs du sophisme,

Vous le faites servir jusqu'à l'emploi des mots,
Donnant des noms connus à des objets nouveaux.
C'est vrai, vous avez dit : « Renversons la nature ;
» Faisons égale à Dieu la simple créature,
» Ou plutôt détruisons les germes de sa foi.
» Son bonheur, son repos, qu'elle ait son cœur pour roi.
» De l'ordre social vite minons les bases ;
» Plus de société, changeons-la par des phrases.
» Préparons aux humains un généreux poison,
» Et que ne règne plus que la SAINE RAISON. »

Hélas ! le monde imbu de ces fausses doctrines
Opèrera bientôt de sanglantes ruines ;
Le noir, l'affreux venin de ces hommes pervers
Saura faire couler les pleurs les plus amers.
Ces hommes, s'arrogeant le nom de philosophes,
Vont être les auteurs de bien des catastrophes.

Mortels ! entendez-vous comme gronde l'airain
D'un peuple triomphant, d'un peuple souverain ?
Ce peuple a reconquis son antique héritage :
Il est libre... tremblez ! de son long esclavage
Il cherche à se venger, car il n'a plus de foi.
Ce peuple veut du sang, et le sang de son roi
Va se mêler au sang des tribuns populaires.
Voyez-vous s'ébranler ces hordes sanguinaires,
Ces femmes en haillons, ces hommes demi-nus,
Ce ramas de bandits de toutes parts venus,
Les cheveux hérissés, les mains de sang fumantes,
Semblables d'un volcan aux laves écumantes ;
Ils entraînent partout, égorgent sous leurs pas
Hommes, femmes, vieillards, enfants, prêtres, soldats.
Au nom d'égalité, les morts couvrent la terre ;
Le sang à gros flocons coule et rougit la pierre.

L'impartiale mort sévit en chaque lieu;
Le prêtre la rencontre à l'autel de son Dieu;
La vierge en invoquant sa patronne Marie;
Et d'horreur en horreur, de furie en furie,
L'ami livre au bourreau l'ami qu'il s'est nommé.
Le fils n'est plus connu d'un père bien-aimé,
Ou, préférant sa vie à celle de son père,
Il la conserve, hélas! à l'horreur de la terre.
Pères, frères époux, dans un duel d'horreur,
S'étreignent sans merci; partout c'est la Terreur.

Triste et terrible effet des vengeances divines,
Des cadavres! du sang! partout sang et ruines!
C'est un règne cruel que ce règne sans roi;
Le soupçon, c'est la mort : ainsi le veut la loi.
Alors, hideux spectacle! atroce boucherie!
Des captifs déclarés traîtres à la patrie,
Des captifs dont le crime est la religion,
Ou leur noble origine, ou leur opinion,
Sous les terribles coups d'une bande féroce,
Trouvent dans leur cachot la mort la plus atroce.
Le crime est souverain, seul il donne des lois;
Il veut tout renverser, tout détruire à la fois.
Vertu, religion, famille, état, fortune,
Tout présente à ses yeux une image importune.
Allons! un pas de plus, il va tout engloutir;
C'est Dieu surtout, c'est Dieu qu'il veut anéantir.

Peuple insensé! quelle est ta criminelle audace?
Et quoi! tu ne crains pas que ton Dieu ne se lasse?
Dieu qui lance la foudre et frappe le pervers,
Qui d'un déluge affreux inonda l'univers,
Qui fondit deux cités dans un autre déluge,
Un déluge de feu; tu crois donc que ce juge

Retiendra pour toi seul sa colère et ses coups ?
Mais que dis-je ? il te livre à son juste courroux.
Oui, c'est pour te punir qu'il te livre à toi-même ;
Peuple ! reconnais là sa vengeance suprême.

Mais tu cours où t'appelle... Hélas ! quels sont ces bruits ?
Les autels sont brisés, les temples sont détruits;
Le vandalisme suit ses partisans sinistres;
Devant eux du Seigneur ils chassent les ministres;
Les cloîtres, les couvents s'écroulent sur le sol !

Colombe du Seigneur ! précipite ton vol;
Viens ! Fuis ! crains du vautour les mortelles étreintes;
Car de l'astre de paix les clartés sont éteintes ;
Sous l'aîle de l'époux que ton cœur sut choisir,
Va chercher un abri, car la nuit va venir.

Et toi, ministre saint, l'honneur du sacerdoce,
Crains l'ignoble contact de cet homme féroce;
C'est ton sang qu'il demande et qu'il veut à tout prix.
Vous tous, frères pieux que l'orage a surpris
A chercher le salut dans vos saintes retraites,
Un orage plus fort va fondre sur vos têtes.
Fuyez ! éloignez-vous, car l'ange de la mort
Devient à chaque instant plus terrible et plus fort.

Mais pourquoi ces clameurs, ces bruits épouvantables,
Ces hommes forcenés, ces femmes détestables,
Tout ce peuple suivi de féroces soldats ?
Et quels sont ces captifs qu'ils traînent sous leurs pas ?
Mais quel charme secret vers ces captifs m'attire ?
Jésus ! ce sont tes saints qui marchent au martyre.
Ils arrivent... Déjà le lugubre signal...
La foule... Dieu !... Silence... Hélas ! le coup fatal...

O spectacle d'horreur ! Eh ! quoi, Seigneur ! ta foudre
Ne vient pas tout briser et tout réduire en poudre ?
Quoi ! ces monstres affreux, ces tigres sans pitié
Verront encor le jour après l'avoir souillé,
Ne seront point maudits de la nature entière ?
Ils ne sont point au bout de leur carrière
Ils ont fini le drame, ils baissent le rideau
Pour préparer au monde un spectacle nouveau.

Un pieux pèlerin, parcourant tout le globe,
Au matin d'un beau jour avait devancé l'aube ;
Il marchait à grands pas et cherchait le saint lieu
Où ses frères chrétiens vont adorer leur Dieu.
Soudain il a senti naître en son cœur un trouble ;
Il marche, marche encore, et sa crainte redouble :
« Quel silence ! dit-il. Le monde ne vit plus ;
« Cependant c'est bien là l'heure de l'Angelus.
« Les cloches ne vont point avertir le fidèle ;
« Je ne puis rencontrer l'ombre d'une chapelle.
« Qu'est-ce à dire, Seigneur ? » Et l'humble pèlerin,
Plus triste et plus pensif, poursuivait son chemin,
Lorsqu'il vit, au milieu d'une superbe place,
Du peuple le plus fou la folie et l'audace.
Devant une statue il s'arrête irrité :
« De l'aveugle raison une divinité !....
« Et quel est donc ce peuple ignoré de la terre,
« Ce peuple encor païen ? Et moi, qu'y viens-je faire ?
» Fuyons !... Mais en mon cœur quel amer souvenir
» En ce funeste lieu semble me retenir !
» Un peuple s'abaisser jusqu'à cette ignorance !
» Hélas ! tout l'univers a parlé de la France ;
« En foulé-je le sol ?... Je n'en saurais douter.
« L'erreur en ce pays s'est donc fait écouter ?
« Bah ! les seuls maux réels sont peut-être mes craintes.
« De la religion les célestes empreintes...

« Non ! une sombre nuit voile à l'œil du mortel
» Dieu, son temple, son nom, son culte, son autel :
« De la religion je ne vois nul vestige.
» Mais ne serais-je pas le jouet d'un prestige ?
» Non ! non ! je ne vois rien, et silence partout ;
» Les temples, les autels, ils ont renversé tout.
» Cependant, poursuivons ; peut-être au cimetière...
» Pas une croix, Seigneur, sur cette triste terre !
» L'enfer aurait-il donc triomphé cette fois ? »

Le soleil perce l'ombre.... O surprise ! la croix !
Oui, la croix revenait dominer sur la France !
Effacer ses douleurs, lui donner l'espérance.
Des pleurs du pèlerin ont voilé les regards ;
Doux pleurs, car il a vu soudain de toutes parts ;
Ce peuple qu'il croyait plongé dans les ténèbres
Secouer de l'erreur les longs voiles funèbres.
Il a vu tout ce peuple en un élan d'amour
Chanter ce signe auguste, en bénir le retour.
Oui, tout ce peuple en chœur, dans un transport d'ivresse,
Fait retentir les airs de ses chants d'allégresse.
Que de larmes d'amour, d'espoir et de bonheur !
Pour sa religion quelle touchante ardeur !
Cette croix, son espoir, ce peuple la contemple :
Il exalte son Dieu, lui rebâtit son temple ;
Et par sa vive foi rassurant l'univers,
D'un désespoir affreux fait frémir les enfers.
Satan voit que l'Église est la reine du monde :
« C'en est fait, a-t-il dit dans sa douleur profonde,
» Jusqu'à la fin des ans je suis vaincu, soumis.
» Tu l'emportes, ô Christ ! sur tous tes ennemis. »
Et l'humble pèlerin, en quittant notre France,
A murmuré tout bas en son cœur : Espérance !

FIN.